한 달의 길이

청춘문고

시간은 존재하지 않는다.
또는 오직 순간으로 나열될 뿐이다.
—

톨스토이

목차

無
日

　2016년 여름의 끝자락, 가벼운 독서모임 책키라 웃 멤버들과 '아름다운 책'이라는 주제로 이야기를 나누었다. 그리고 가을이 시작될 무렵에 멤버 B가 추천한 소설 『리스본행 야간열차』를 구입해 읽어나 갔다. 장장 586페이지에 달하는 이 소설의 모든 아 름답고 눈부신 구절 가운데서 유독 나를 사로잡은 짧은 대화.

　"한 달은 얼마나 되지?"

"무슨 뜻인지?"

"한 달이 길이가 얼마나 되냐고."

아름다움을 음미하려 집어든 소설에서 부싯돌을 쳐 불을 댕긴 듯 머릿속에서 활활 타오르게 될 질문과 마주할 줄은 몰랐다. 한 달의 길이가 얼마인지 생각하는 일이 백수 신분인 내게 치명적인 아픔일 줄은 더더욱.

7월 말에 회사를 그만두고 집에 틀어박힌 지난 두 달 동안 나는 아무것도 하지 않았다. 본업인 편집 일을 접으면 부업인 독립출판물 제작에 매진할 줄 알았는데, 그러지도 못했다. 순식간에 불어난 여가를 어디에 어떻게 써야 할지 몰라 우왕좌왕하는 사이 시간이 재깍재깍 흘렀을 뿐. 쉽게 말해 먹고 자고 빈둥거리는 데 두 달을 썼다. 이상하다. 그렇다면 도내체 먹고 자고 빈둥거리지 않은 시간은 어디로 흘러가버렸을까.

이 책은 2016년 9월부터 10월 사이를 흘러간 한

달의 기록이다. 당연한 말이지만 주목할만한 사건이나 굉장한 통찰이 담겨 있지는 않다. 글로 남기지 않았다면 나조차도 금세 잊었을 사소한 일화와 두서없는 생각을 긁어모았을 따름이다. 라면을 끓인 일, 우편물을 정리한 일, 반려견과 언덕길을 산책한 일, 갈색 스웨터를 살까 말까 고민한 일 따위, 여기에 적은 시시하기 짝이 없는 서른 밤낮의 기록이 내가 한 달의 길이를 알아내려 머리를 싸매고 끙끙 고민해 얻은 답이다. 무의미하게 흘러가버린, 따라서 실체가 없는, 그리하여 길이를 잴 수조차 없는 시간을 붙잡아 세세하게 관찰해서 실감을 부여하려는 시도라고 할까.

한 달을 영화 필름이라고 생각하면, 초당 프레임이 많을수록 화면 속 주인공, 그러니까 내가 훨씬 생동감 넘치게 움직일 것이라는 믿음으로 일상을 기록하기 시작했다. 그렇게 스치는 순간들을 포착해 서른 조각의 글에 비끄러맸다. 조각조각 모은 필름을 죽 이어붙이면 한 달의 길이를 알아낼 수 있으리라는 기대를 품고. 일상의 자잘한 디테일을 기억하

고 기록하는 작업이 월급명세서를 받지 않았어도 내
가 한 달을 충실히 살았다는 사실을 입증해주기를
바라면서.

나는 한 달이란 시간을 충만한 것으로,
직접 경험한 것으로 말할 수 있는 근거에 대해
묻고 싶었다. 그러므로 내가 하려던 질문은
한 달의 길이가 아니라 한 달이라는 시간을
자기 자신을 위해 어떻게 사용할 수 있을까였다.
한 달이 완전히 내 것이었다는
생각이 들 때는 과연 언제인가?

—

파스칼 메르시어, 『리스본행 야간열차』

一

ㅂ

① 물 세 컵 정도를 끓인 후, 면과 후레이크 분
말을 넣고 5분 더 끓입니다.
② 물 여덟 스푼 정도만 남기고 따라 버린 후,
과립스프와 올리브조미유를 넣고 잘 비벼 드
시면 됩니다.

짜파게티 면을 봉지에 적힌 조리법대로 정확히 5
분 삶았다. 물은 눈대중으로 적당히 따라냈다. 숫자
를 헤아려가며 한 스푼씩 퍼냈다가는 면이 퉁퉁 불

테니. 늘 그렇듯 물 조절에 실패했다. 오늘은 홍수. 과립스프는 면에 비빌 새도 없이 몽땅 물에 녹아들었다. 왠지 모르게 차오르는 서글픔을 누르고 희멀건 짜파게티 면을 입으로 가져갔다. 후루룩 빨아올린 면발에서는 맛없는 맛조차 나지 않았다. 희미한 춘장 맛이라도 느끼기 위해 숟가락을 놀려 흥건한 갈색 국물을 떠먹었다.

혼자 먹을 밥을 차리는 일이 죽도록 귀찮다. 곡기를 끊으면 문자 그대로 죽고 마는데도 몸을 움직이기 싫다. 냉장고를 열고 반찬을 꺼냈다가 도로 집어넣는 일, 밥풀 묻은 그릇을 설거지하는 일, 행주를 빨아 식탁을 훔치고 다시 깨끗이 빨아 물기를 꽉 짜서 널어두는 일, 이 모든 과정이 귀찮다. 이건 효율의 문제이기도 하다. 냉장고를 여닫느라 소모하는 전기, 그릇 몇 개를 씻느라고 낭비하는 물, 활동량도 없는 내 몸이 받아먹는 칼로리. 이 한 몸 건사하기 위해 그런 비효율을 감수할 필요가 있을까? 가만히 누워 그런 생각에 빠져있다가 밥때를 놓치기 일쑤였다. 라면에 맛을 들이기 전까지는.

라면으로 한 끼를 때우면 비효율을 획기적으로 줄일 수 있다. 부르르 끓여 호로록 먹어치운 다음 냄비와 젓가락만 후루룩 씻으면 되니까. 식용유를 두른 프라이팬 위로 달걀을 깨뜨리거나 랩을 씌운 찬 음식을 데울 필요도 없이.

짜장 국물을 떠먹는데 이런 생각이 스쳤다. 시간을 스푼 단위로 재면 어떨까 싶은. "오전 회의는 딱 세 스푼만 하시죠." "어제는 야근 한 스푼, 오늘은 야근 다섯 스푼." "그와 그녀는 서른여덟 스푼 만에 재회했다." 뭐 이런 식으로.

인간의 몸으로 결코 감지할 수 없는 지구 자전 주기로 시간을 표기하는 것보다야 시간을 실감하기 훨씬 수월하지 않을까. 스프를 가득 담은 그릇이 언젠가는 바닥을 드러낸다는 건 누구나 알고 있으니 말이다. 수저로 시간을 퍼올려 부지런히 배를 채우는 사이 삶이 소진된다는 사실을 깨달았을 때, 시간은 어떻게 변할까.

백수로 지낸 지 두 달째. 날씨 변화를 제외하면 그제와 모레를 구분하기 어려운 하루하루를 보내고 있다. 이틀에 한 끼는 라면으로 때우면서.

二

日

　백수 생활도 어느덧 두 달 차에 접어들었다. 올해
맞이한 두 번째 휴식기.

　첫 번째 휴식기는 세 번째 회사를 그만둔 1월 초부
터 3월 말까지였다. 그 겨울에는 무얼 하며 시간을
보냈더라. 하루의 대부분을 실컷 자는 데 할애했다.
원래 작년 가을께 퇴사하려던 계획이 어그러져 맡은
업무를 꾸역꾸역 해치우고 해를 넘겨 그만두는 바람
에, 퇴사하는 날까지 쥐어 짜인 터라 그저 푹 자고
먹고 쉬고 싶은 마음뿐이었다. 자고 먹고 쉬는 게 지

겨워지면 짧은 여행을 떠났다. 대전, 대구, 창원, 속초 등을 돌며 각 지역에 자리한 작은 서점을 방문해 직접 제작한 독립출판물을 입고했다. 3월 초에는 프리랜서 친구와 도쿄에 갔다. 낯선 풍경 속에서 봄의 증거를 하나씩 발견하는 재미가 쏠쏠했다.

그렇게 충분한 휴식과 짧은 여행으로 석 달을 꽉꽉 채우는 동안 애초에 왜 회사를 그만두려고 결심했는지 이유를 까먹고 말았다. 때마침 통장 잔고도 바닥났다. 우연인지 필연인지 그즈음 지인을 통해 취직 제의가 들어왔는데,

　　아직 불러주는 회사가 있을 때 재취업하는 게 맞지 않을까.
　　지인이 추천한 곳이니 이번에는 정말 괜찮을지 몰라.
　　연봉이 또 깎이겠지만 한 푼도 안 버는 것보다야 낫고.
　　솔직히 회사를 때려치웠더니 딱히 글감도 안 떠올라 괴롭다.

이렇게 재취업을 독려하는 변명거리를 수없이 갖다 붙여 휴식기를 끝냈다. 그러나 마음을 다잡고 입사한 출판사에서 넉 달을 채 버티지 못했다. 사표를 던지는 데 필요한 변명거리는 물론 수없이 만들 수 있었다. '일신상의 사유'라는 여섯 글자로 쉽게 사표가 수리되었지만.

8월부터 다시 목적 없는 백수 생활을 시작했다. 처음 한 달은 폭염에 휩쓸려갔다. 더위가 물러난 그 다음 달 역시 아무것도 하지 않고 하루하루를 보냈다. 해야 할 일을 한 글자도 적지 않은 빈 달력을 두 차례 찢었다.

그러나 '아무것도'라니? 그동안 하루도 빠짐없이 신문을 읽고 뉴스를 시청했다. 매일 청소와 빨래를 했으며 강아지를 살뜰히 돌보았다. 이틀에 한 권꼴로 책을 읽고 열흘에 한 편꼴로 영화를 보았다. 가만히 누워 두서없는 상념에 잠겼다. 소설의 줄거리나 영화의 한 장면을 곱씹거나 반려견 빌보의 작은 행동을 관찰했다. 허무하게 날려먹었다고 생각한 하루하루는 사실 꽤 바쁘게 흘렀다. 아무것도 하지 않은 게 아니라, 한 푼도 벌지 않았을 뿐이다. 시간을 소비한 대가로 가치 있는 무언가를 생산하지 않았을 뿐이다.

돈을 포기하고 얻은 시간이니 돈보다 훨씬 가치 있는 활동에 할애해야 한다는 강박에서 벗어나고 싶다. 일손을 놓은 채로 아주 조금만 더 시간을 낭비하고 싶다. 충분한 시간을 들여, 내가 무얼 하려했는지를 기억해낼 때까지.

三
日

재활용쓰레기를 정리하다 흠칫 멈췄다. 두부 포장
용기에 스윽 왼쪽 집게손가락을 베였다. 두꺼운 플
라스틱이 살갗에 죽 그은 선을 따라 순식간에 핏방
울이 맺혔다. 날카로운 것에 베일 때의 감촉은 매번
소름 끼친다고 생각하며 휴지로 피를 닦아낸 뒤 소
독약을 꺼냈다. 벌어진 상처에 소독약이 닿기도 전
에 익히 잘 알고 있는, 살갗이 타는듯한 아픔이 느
껴졌다.

예견된 고통은 그 고통이 실제로 가해지기 전부터

몸을 고통에 종속시킨다. 최초의 가격보다 두 번째, 세 번째 가격이 더 잔인한 이유.

3백 일 넘도록 호흡기에 의지해 생을 이어가던 백남기 농민이 영면했다. 3백 일 넘도록 공권력이 자신이 휘두른 폭력 위에 거듭 폭력을 가하는 모습을 지켜보았다.

四

日

　2013년 메이저리그에 데뷔해 12승 6패 평균자책
점 2.19를 기록하며 그해 내셔널리그 신인왕에 올
랐던 전도유망한 투수가 요절했다. 호세 페르난데
스, 향년 스물넷. 보트 사고였다.

　그의 등번호 16번은 영구결번이 결정되었다. 호
세 페르난데스는 마이애미 말린스의 영원한 영건으
로 남을 것이다. 그가 다른 수식어를 가질 기회를 바
다가 모조리 집어삼켰으므로.

*

　호세 페르난데스가 사고 당시 술을 마셨으며 코카인까지 복용했다는 사실이 뒤늦게 밝혀졌다. 논란에도 불구하고 마이애미 말린스는 영구결번 결정을 번복하지 않았다. 구장 외곽에는 그의 이름을 딴 거리가 조성된다고 한다. 이제 그를 둘러싼 논란마저도 시간이 집어삼킬 차례다.

우리는 도대체 시간이라는 게 뭔지 자문한다.
돌아오는 답은, 모든 게 시간과 더불어
혹 불려 날아가듯 사라져버린다는 것이다.
—

장 아메리, 『늙어감에 대하여』

五

日

아침나절에 텔레비전을 보는데 왼편으로 얼핏 검은 실루엣이 스쳤다. 고개를 살며시 돌리자 웬 검은 물체가 눈에 들어왔다. 청설모였다. 세상에, 공원에서나 가끔 보았던 청설모가 우리 집 거실 창틀 위에 앉아있다니.

유리창을 사이에 두고 마주한 청설모는 조금도 귀엽지 않았다. 솔직히 꼬리가 두툼한 쥐 같아서 되게 징그러운 데다 가까이에서 보니 덩치가 굉장해 위협적이기까지 했다. 곱지 않은 시선을 알아차

린 청설모가 허겁지겁 손가락을 쫙 펼치더니 아래로 뛰어내렸다. 나는 놀란 가슴을 쓸어내렸다. 아무리 우리 집이 북악산 언저리에 있다지만 청설모가 창틀을 지나다닐 줄이야. 혹시나 하는 마음에 창문 걸쇠를 단단히 걸어 잠갔다.

타닥타닥. 얼마 지나지 않아 또다시 들리는 발소리. 아까 그 청설모, 아무래도 길을 잃은 모양이다. 그사이 인터넷을 통해 알아낸 정보에 의하면 청설모의 공간 기억 능력은 형편없었다. 자기가 숨겨둔 도토리를 찾지 못하는 경우도 허다하다니 말 다했다. 안쓰러운 녀석. 청설모는 '또 너냐'는 눈빛으로 내 쪽을 힐끔 보더니 다시 손가락을 펼쳤다.

이후로도 청설모는 두 차례나 더 창틀에 나타났다 사라지기를 반복했다. 어쩌다가 빌라가 촘촘히 들어선 이런 주택가에 흘러들어 고생을 사서 하게 되었을까. 아무리 이 창틀에서 저 창틀로 옮기고 가스 배관을 기어올라도 그 건물이 그 건물이라서 갈수록 헷갈리기만 할 텐데.

창틀의 굴레에 빠진 녀석을 구조해 뒷산에 데려
다주고 싶었지만 그 마음을 실행에 옮기기에 녀석
은 너무 커다랗고 징그러웠다. 물론 내게 야생동물
을 구조할 능력이 있지도 않았다. 다행히 청설모
는 정오 무렵에 자취를 감췄다. 어찌나 기쁘던지
손뼉이라도 치고 싶었다. 청설모의 탈출을 축하하
며, 내가 죄책감 없이 점심을 먹을 수 있게 된 것
에 감사하며.

六

日

요즘 하루 평균 수면시간은 여덟 시간. 보통 새벽 2시쯤 잠들어 오전 10시에 깬다. 눈 뜨고 가장 먼저 하는 일은 강아지 쓰다듬기. 따뜻한 털을 규칙적으로 쓰다듬다 보면 때로 눈꺼풀이 스르륵 감기는데, 그런 날에는 하루 열 시간이고 열두 시간이고 늘어져라 자버린다. 오늘이 바로 그런 날이었다.

12시에 이불을 찼다. 맙소사 벌써 정오라니. 꼭 해야 할 일도 없으면서 잠결에 날린 시간을 아까워하며 부리나케 일어나 부산을 떨었다. 우선 함께 곯아 떨어진 빌보를 깨워 사료를 먹이고, 국을 데우고 밑반찬 두어 개를 꺼내 내 배도 채웠다. 설거지를 한 다음 현관에서 신문을 가져와 펼쳤다. 비선실세, 미르재단, K스포츠재단… 가벼이 넘길 기사가 하나도 없다. 한 줄, 한 줄 천천히 읽고 신문을 덮으니 2시. 눈 뜨고 한 일이라곤 밥 먹고 신문 읽은 게 다인데, 어느새 2시.

서둘러 다음 스텝을 밟았다. 창문을 활짝 열어 환기를 시킨 다음 청소기를 돌리고, 베란다에서 빨래를 걷어 와 텔레비전을 보면서 개켰다. 쿠팡 고객센터에 전화를 걸어 배송이 누락된 햇반 열 개의 행방을 확인했다. 빌보를 데리고 나가 한 시간 반쯤 산책했다. 빌보는 호기심과 체력이 왕성한 아기 닥스훈트라서 함께 뛰어다니면 체력 소모가 엄청나다. 산책을 마치고 빌보와 함께 침대에 벌러덩 뻗었다. 아아, 뭐라도 해야 하는데, 뭐라도, 중얼거리며 스르륵 잠들었다.

퇴근한 엄마가 현관문을 여는 소리에 깼다. 부스스한 얼굴로 엄마를 맞이해 수다를 떨면서 식사 준비를 도왔다. 6시 반에는 야구중계를 틀었다. 한화이글스와 두산 베어스가 맞붙는 경기. 2회에 두산이 호쾌한 스리런을 포함해 대거 4득점했다. 게다가 오늘 두산 선발투수는 21승에 빛나는 우완 에이스 니퍼트. 두산 팬으로서 두산의 무난한 승리를 예상하며 텔레비전을 껐다.

퇴근한 아빠와 남동생을 차례로 맞이했다. 함께 둘러앉아 뉴스를 시청하며 저녁을 먹고, 아빠의 요청으로 야구중계를 다시 틀었다. 9회 말 2사 만루, 스코어는 8 대 5. 마운드 위에는 두산 마무리투수 홍상삼이 불안한 듯 눈을 데굴데굴 굴리며 서있다. 이거 심상치 않은데. 각본 없는 역전 드라마가 펼쳐질 것 같은 우주의 기운이 느껴졌다. 아니나 다를까, 한화가 연속 밀어내기 볼넷에 이어 끝내기 적시타로 역전승을 거두었다. 한화 팬인 아빠는 껄껄 웃었다.

하루를 공쳤다. 하루 일과를 줄줄이 나열하자면 끝이 없는데, 오늘 한 일을 기록하고 보니 종이가 아깝다는 생각이 든다. 하루 종일 바빴지만 아무것도 하지 않은 나날들이 이어지고 있다.

七
日

　오후에 빌보와 골목길을 산책하다 개 두 마리와
마주쳤다. 개 셋이 뱅글뱅글 돌며 서로 엉덩이 냄새
를 맡는 동안 상대방 견주와 대화를 나누었다. 사실
대화라기보다는 일방적인 질문공세에 가까웠지만.

　"털이 참 특이하네. 왜 이래요?"
　"원래 얼룩빼기예요."
　"몇 살인데요?"
　"한 살 반요."

"암컷?"

"예."

"우리 애들은 수컷인데, 중성화수술은 했으니 안심하세요."

네, 하고 대화를 끝낼 찬스였는데 바보같이 이렇게 대꾸했다. "그럼요. 우리 개도 곧 수술 받을 건데요."

수컷 두 마리의 주인이 돌연 눈썹을 치켰다. 왜 암컷에게 중성화수술을 시키느냐는 힐난이었다. 불의의 일격에 놀라 하마터면 턱이 빠질뻔했다. 상대방의 주장을 요약하자면, 암컷은 수컷처럼 발정이 나서 가출할 위험이 없으니 굳이 수술을 시킬 필요가 없다는 것이다. 게다가 혹시라도 새끼를 밴다면 하늘의 뜻으로 알아야지 별수 있겠냐는 말도 덧붙였다.

꼬일 대로 꼬인 리드 줄을 풀어 빌보를 내 쪽으로 끌어당기며 잠시 숨을 골랐다. 그대로 줄행랑을 쳤어야

하는데, 어리석은 나는 입을 열어 이렇게 설명했다.
"발정 나서 스트레스 받는 건 암컷이든 수컷이든 마
찬가지죠. 암컷은 수술을 받지 않으면 유선종양이나
자궁축농증에 걸릴 확률이 높대요."

두 녀석의 주인은 코웃음을 쳤다. 걸리지 않은 병
때문에 멀쩡한 자궁을 떼는 건 어불성설이라면서.
어이가 없었다. 그렇다면 시도하지 않은 가출 때문
에 멀쩡한 불알을 떼는 건 사리에 맞는 일인가. 말
없이 빌보를 안아 올렸다. 이제 정말 도망치려는데,
불알 땐 두 녀석의 주인이 내게 최후의 일격을 가했
다. 본인 아는 사람이 멀쩡한 암컷 강아지한테 중성
화수술을 시켰는데, 마취가 깨지 않아 그대로 무지
개다리를 건넜다는 것이다…. 그 말이 나온 입을 말
없이 노려보았다. 그리고 빠른 걸음으로 골목을 빠
져나왔다. 턱이 덜덜 떨릴 정도로 화가 났다. 똑같
은 수술을 앞둔 내 어린 개 앞에서 어떻게 무지개다
리를 운운할 수 있단 말인가.

빌보는 자연에서 태어나지 않았다. 빌보는 경기도 화성에 있는 닥스훈트 농장 출신이다. 빌보는 오소리 사냥을 위해 개량된 종이지만 사냥개는 아니다. 숙련된 전문가의 세심한 관리하에 태어난 애완견이다. 닥스훈트는 굴을 파는 습성이 있다는데, 빌보는 공원에 데리고 가도 땅 파기에는 도통 관심이 없다. 대신 집에서 가끔 폭신한 개집 바닥이나 이불을 파는 시늉을 한다. 바로 그만큼이 우리 개가 본능에 적응한 방식일 것이다.

　지금 나는 그때 말없이 돌아선 것을 후회하고 있다. 두 녀석의 주인을 찾아가 멱살을 잡아 흔들며 따지고 싶다. 처음 만난 내 앞에서는 하늘의 뜻이니 자연의 순리니 일장연설을 해대면서, 왜 당신 개 두 마리의 불알은 하늘의 뜻에 맡기지 않았던 거냐고.

시곗바늘이 얼마나 빨리 이동하는가는
글자판 숫자가 어떤 언어로 되어있는지에 따라 다르다.
중국인은 싹이 트는 과정을 다섯 단계로 나누고,
아랍에서는 일곱 단계를 거쳐 동이 튼다.

—

이반 일리치, 『그림자 노동』

八
日

　국민연금공단에서 발송한 '국민연금 지역가입자 자격취득 안내' 우편물을 뒤늦게 확인했다. 뜯어보니 지역가입자로 전환하면 이러저러한 혜택이 있다고 깨알같이 적혀있다. 하지만 어쩌랴, 이미 신고 기한이 지난 것을. 국민연금 따위 어차피 언제 고갈될지 알 수 없다는 생각에 그저 가볍게 훑고 찢어버렸지만 '납부내역 안내'란만큼은 주의 깊게 읽었다. 내가 지금까지 87개월분의 보험료를 납부했으며 앞으로 38개월을 더 납부하면 만 65세에 연금 수령이 가능하단다. 38개월만 더 국민연금을 부으면 노후에 죽을 때까지 연금을 수령할 수 있다는 소리다. 금액이야 쥐꼬리겠지만 조카손주에게 과자 사줄 정도는 되겠지. 그렇다면 어디든 취직해 38개월만 더 버티면서 연금 수령 요건을 충족하는 편이 영리한 선택 아닐까.

내친김에 아무렇게나 던져두었던 우편물을 싹 모아서 정리했다. 그러다 올해 초에 수령한 '직장인 건강검진' 결과를 찾아 다시 펼쳤는데, 웬 등차수열 하나가 눈길을 끌었다. 49, 47, 45. 각각 2011년, 2013년, 2015년 직장인 건강검진에서 기록한 몸무게였다. 2년에 하나씩 발목에 매단 2킬로그램짜리 모래주머니를 떼어내듯 꼬박꼬박 체중이 줄어든 것도 걱정스러운 일이지만 더 큰 문제는 엊그제 대중목욕탕에서 확인한 네 번째 숫자였다. 43킬로그램. 이번에는 반년 만에 2킬로그램이 몸에서 뚝 떨어져 나갔다. 성인 체중이 12세 어린이 수준이라니, 이게 말이 되나.

내 기억으로 43킬로그램을 기록한 적은 딱 두 번 있었다. 중학교 2학년 때와 스물다섯 무렵. 중학생 때야 지금보다 키가 8센티미터는 작았으니 그렇다 치고, 스물다섯 즈음엔 신체조건이 지금과 똑같았다. 대기업 신입사원으로 사회에 첫발을 내딛어 국민연금을 납부하기 시작한 무렵이니 국민연금 납입을 중지한 지금과 상황은 정반대였지만.

스물다섯 당시 취업 스트레스와 직장 부적응의 결과로 급격히 살이 빠졌고, 덕분에 극심한 무기력증에 시달렸다. 어디든 눕고 싶다는 욕구 외에 다른 욕구는 확 줄었다. 잘 먹지 않았고 연애도 때려치웠고 밤마다 악몽을 꿨다. 책도 신문도 읽지 않았다. 어릴 적부터 습관처럼 써오던 일기조차 쓰지 않았다. 한없이 무기력한데 정신은 아주 날카로워졌다. 사소한 일에 신경이 곤두섰지만 그 감정을 몸 밖으로 밀어낼 힘은 없었다. 첫 직장을 때려치우고 반년간 쉬면서 서서히 살이 붙을 때까지 이러한 증상은 계속되었다.

요즘 무기력한 몸을 침대에 누인 채 멍하니 있는

시간이 늘었다. 선잠에 들었다가 몇 번씩 깬다. 빌보와 산책할 때면 허리가 할미꽃처럼 굽는다. 얼굴이 때꾼하다. 생각을 글로 옮기고 싶은데 머리가 텅빈 기분이다. 모든 증세가 스물다섯 살 때와 똑같다. 겨우 불려놓은 살이 87개월분 국민연금을 납부하는 동안 2킬로그램씩 빠져나가는 바람에 또다시 무기력한 수수깡 인간이 되어버렸다.

가을은 생명을 살찌우는 계절이고, 지금은 일을 그만둔 상태이니 몸무게가 다시 조금씩 불어날 터다. 하지만 대체 얼마만큼의 살점을 더 떼어내야 국민연금 수령 요건을 충족할 수 있을지 모르겠다. 밥벌이를 하면 할수록 몸이 마르는 건 생각할수록 기괴한 일이다.

九
日

　언젠가 책에서 읽은 일화가 문득 떠올랐다. 사형
대 앞에 선 수인이 하나뿐인 신발이 젖을세라 웅덩
이 옆에 가지런히 벗어두더라는 이야기.

十

日

주어진 시간이 한 달뿐이라면, 무엇을 해야 할까.

처음 떠올린 일들은 대체로 평범했다.

- 가족과 도란도란 시간을 보낸다. 함께 여행
  한다.
- 친구들을 만나 추억을 쌓는다. 혹은 추억을
  더듬는다.
- 맛있는 음식을 잔뜩 먹는다. 기왕이면 전가

복, 바다가재 요리 같은 비싸서 못 먹어본 음식 위주로.

• 아끼는 책 가운데 몇 권을 골라 찬찬히 다시 읽는다.

그 다음에 떠올린 일들은 좀 더 '버킷리스트'에 가까웠다.

• 모스크바와 상트페테르부르크를 여행한다. 그 드넓은 땅과 기후, 풍경, 음식, 거리, 건축물, 그리고 사람들을 경험한다. 내가 사랑해 마지 않는 러시아 소설의 배경에 실제로 서본다.

• 캐나다 옐로나이프에 가서 오로라를 관찰한다. 우주의 신비로운 모습을 한 자락이나마 두 눈에 직접 담는다.

• 아프리카에 가서 은하수를 올려다본다. 내가 어디에서 태어나 어디로 사라지는지 확인해둘 필요가 있으니까.

이 질문에 답을 적으면서 세 가지 사실을 깨달았다. 첫째, 한 달 안에 러시아를 돌고 캐나다로 넘어가 오로라를 관찰한 다음 아프리카에서 은하수를 올려다보는 일이 물리적으로 가능하리라는 것. 여비와 의지만 있다면 어디로든 언제든 떠날 수 있다. 둘째, 아직 해 본 적 없는 일보다는 일상적으로 해왔던 일들을 먼저 떠올렸다는 점. 어쩌면 인생에서 중요한 것은 오지 않은 내일이 아니라 이미 떠나보낸 어제일지도 모르겠다. 셋째, 주어진 시간이 한 달뿐이라면 무엇을 해야 할까, 이 질문은 무용했다. 나는 젊고 건강하기에 질문을 진지하게 받아들일 수 없었다. 또한 젊고 건강한 채로 그런 질문에 진지하게 답하는 것을 잔인한 일이라 여겼다. 게다가 만약 정말로 늙고 병든 채로 같은 질문을 받는다 해도, 역시 진지하게 답하지 못하리라는 예감이 들었다.

十
一
日

　영원히 오지 않기를 바랐는데. 빌보가 중성화수
술을 받는 날이 밝았다. 10시쯤 빌보를 동물병원에
데려다주고 텅 빈 집으로 돌아와 연신 훌쩍였다. 간
호사 손에 붙들린 빌보가 영문을 모르겠다는 표정으
로 나를 쳐다보던 모습이 떠올라 감정을 주체할 수
없었다. 혼자 있으면 안 될 것 같아 집을 나서 동네
카페로 갔다. 동물병원 앞을 지나는데 또 눈물이 났
다. 세상에, 두 눈이 꼭 고장 난 수도꼭지 같았다.
　커피를 주문하고 집에서 가져온 『안나 카레니나』

제2권을 펼쳤으나 단 한 줄도 읽지 못했다. 내 똥강아지가 수술을 앞둔 마당에 19세기 러시아 귀족들이 벌이는 사랑 놀음이 눈에 들어올 리 없지. 대신 어디에선가 읽었던 개와 관련된 구절들이 마구잡이로 떠올랐다. "언제나 용서해주기 때문에" 개를 좋아한다고 고백했던 어느 소설 속 주인공. "어떤 경우든지 간에 개를 키우는 것이 개를 키우지 않는 것보다는 훨씬 낫다"고 공언했던 동물행동학자의 말. 개한테 빵조각을 주었다가 "빵은 가난한 사람에게 주어야죠"라며 잔소리를 들은 어린 왕세자가 맞받아친 대답. "그럼 개들은 부자란 말인가?"

수술이 잡힌 오후 3시쯤, 병원에서 전화가 걸려왔다. 벌벌 떨리는 목소리로 무슨 일 있냐고 물어보니 마취를 한 김에 덧니를 빼는 데 동의해달라는 수의사의 차분한 목소리가 돌아왔다. 발치에 동의하고 전화를 끊었다. 성대에서 시작된 떨림이 온몸으로 퍼져 한동안 아무것도 하지 못했다.

개의 성장은 사람보다 일곱 배 빠르다. 바꾸어 말

하면 죽음을 향해 달리는 속도도 그만큼 빠른 셈. 사람 수명에 견주어 개의 짧은 생을 안타까워하는 건 우스운 일이지만, 개와 함께 살을 부대끼며 살다 보면 그 간극을 잊으려야 잊을 수 없다. 내가 달력 한 장을 뗄 때 우리 개는 일곱 장을 단번에 떼어낸다는 사실, 그 불쾌한 자연의 순리에 맞서 나는 오늘 하루의 고통을 빌보에게 주었다. 그리고 이 하루를 몇 달치 건강한 삶과 맞바꿀 수 있기를 소망했다.

한순간에 머물 수 있다면 영원을 발견할 것이다.

—

르네 샤르

아침부터 창밖엔 비가 주룩주룩. 침대에 누워 손
가락으로 인스타그램을 훑다가 계란을 톡 깨트려 넣
은 라면 사진을 보았다. 분명 어제도 먹은 라면이
또 먹고 싶다. 밤샘 근무를 마치고 퇴근하는 남동
생에게 이야기했더니, 점심을 먹고 집에 들어가는
길에 봉지라면을 사다주겠다고 한다. '언제쯤?' 배
가 몹시 고팠던 나는 물었다. '12시쯤?' 동생이 답
장을 보냈다.

텔레비전을 보며 라면을 기다리려는데 하필 〈수

요미식회〉짬뽕 편을 틀었다. 게스트들이 벌건 짬뽕을 후루룩 짭짭 들이켜는 모습을 보노라니 빈속이 마구 쓰렸다. 창틀에 떨어져 타닥타닥 튀어 오르는 빗소리가 커다란 웍에서 새우와 홍합이 볶아지는 소리처럼 들릴 지경. 하지만 12시가 넘도록 현관문은 열릴 기미가 보이지 않았다. 우산을 받치고 후다닥 뛰어 내려가 편의점에서 라면을 사오는 데 걸리는 시간은 고작 5분. 그냥 나가서 사가지고 올까 잠시 고민하다 그만두었다. 그리고 배를 문지르며 가만히 기다렸다. 남동생이 실행에 옮길 아주 사소한 선의를 받고 고마움을 표현하고 싶었기 때문에.

1시를 훌쩍 넘겨 남동생이 사다 준 라면을 맛있게 끓여 먹었다.

十
三
日

　조조영화가 좋은 이유. 이른 아침에 영화관을 향
해 걷는 기분이 상쾌해서, 아침부터 부지런히 발걸
음을 옮겨 도착하는 곳이 영화관이라는 사실이 왠지
귀여워서, 시간을 알차게 쓴다는 뿌듯함이 들어서,
좌석을 여유 있게 고를 수 있어서, 티켓값이 저렴해
서. 도합 1석 5조.
　모처럼 조조영화를 관람했다. 요즘 수면 패턴이
어그러져 새벽녘에 잠드는 경우가 많아 조조영화표
를 예매했다 취소하는 일이 종종 있었다. 하지만 오

늘은 알람을 여러 개 맞춰둔 덕분에 이부자리를 박차고 일어나는 데 성공했다. 이번에 고른 영화는 우디 알렌 감독의 신작 〈카페 소사이어티〉. 1930년대 할리우드를 배경으로 펼쳐지는 로맨스 영화로, 온갖 군상의 아이러니한 인생사가 96분이라는 짧은 러닝타임에 알차게 담겨 있다. 꿈은 비껴가고 사랑은 잊힌다. 하지만 우리는 순간순간 꿈꾸고 사랑한다. 그게 우리네 인생 아닐까. 영화가 던지는 메시지가 마음에 와 닿았다. 물론 사랑스러운 너드남 제시 아이젠버그를 감상하는 즐거움이 가장 큰 지분을 차지하는 영화였지만.

영화관에서 나와 천천히 걸어 집으로 돌아왔는데도 12시가 넘지 않았다. 흐뭇했다. 모처럼 시간을 알차게 쓴 나 자신이 대견했다. 평소라면 눈을 반만 뜨고 멍 때리느라 흘려보냈을 아침인데. 내 뒤통수를 내 오른손으로 쓰다듬어주고 싶을 정도였다.

점심을 차려 먹으면서 오후 시간을 어떻게 보낼지 고민했다. 우디 알렌 영화를 한 편 더 볼까, 아니면 동물병원에 가서 빌보 먹일 간식을 사올까, 아니면···. 졸음이 쏟아졌다. 평소보다 일찍 깨어난 뇌가 부족한 잠을 내놓으라 아우성이다. 침대에 앉아 빌보를 무릎에 올리고 쓰다듬다 그만 깜빡 졸았다. 빌보가 뺨을 핥아 잠에서 깼다. 시계를 보니 오후 5시. 낮잠으로 세 시간을 날리다니, 이렇게 되면 세 시간 일찍 일어난 보람이 없···건 말건 머리가 깨질 듯 아파 다시 벌렁 드러누웠다. 왼손으로 빌보를 쓰다듬으면서 오른손으로 아이폰을 켰다. 제시 아이젠버그 근황을 열심히 파헤치며 뭉그적거리다 문득 바라본··· 창밖이 어느새 깜깜하다. 시간을 확인하니 6시가 넘었다. 아침나절에 한 시간 반짜리 영화를 보고 오느라 하루를 공치다니, 이런 걸 두고 소탐대실이라고 하던가.

책이라도 꺼내 몇 줄 읽으려고 일어섰다 그냥 다시 드러누웠다. 대신 생각을 고쳐먹기로 한다. 병든

닭마냥 온종일 졸기만 했어도, 마음에 쏙 드는 영화 한 편을 즐겼으니 그걸로 오늘 하루는 충분했다고.

十
四
日

　나는 글러먹었다. 근면한 프리랜서로 거듭나기 위
해 회사를 때려치웠는데 근면은 얼어 죽을, 지금 꼴
은 누더기를 걸친 베짱이가 따로 없다. 지금이야 곳
간에 조금 남은 낱알로 버틴다지만 곧 통장이 바닥
을 드러내면 굶어 죽기 십상이다.

　시간을 독점하고 싶어 퇴사를 결심했다. 그러나
한없이 늘어난 시간만큼 착착 의미 있는 결과물이
쌓이지는 않았다. 여가를 온갖 고상한 목적으로 채
우리라는 상상은 환상에 불과했다. 사용자를 위한

노동이 아닌 오롯이 나만을 위한 노동, 이를테면 적금 대신 행복을 저축하기 위한 활동이랄지 글을 써서 자아를 표현하는 일… 따위가 텔레비전을 보며 웃고 뒹구는 일보다 재미날 리 없었다. 여유가 생기면 실행하리라 다짐했던 계획들은 적당히 시간을 '죽이는' 사이 어디론가 증발해버렸다.

근면성실함은 피고용자 신분일 때나 발휘되는 장점이었던지, 사업장을 벗어나자마자 일상이 무너졌다. 제때 밥을 먹지 않았고 내킬 때 잤다. 노트북에는 먼지만 쌓였다. 모바일 게임에 빠져 20분마다 한 개씩 주어지는 하트만 오매불망 기다렸다. 현재 나의 하루는 하트 72개, 그 이상도 이하도 아니다. 엄마가 제공하는 공짜 밥을 먹으면서 "일하지 않는 자, 먹지도 말라"는 경구를 조롱했다. 아빠가 지불하는 수신료로 문화생활을 즐기며 무위도식을 찬양했다. 오스카 와일드는 일찍이 이렇게 말하지 않았던가, "인간의 목적은 고상하고 우아한 무위도식"에 있다고.

인정하고 싶지 않았지만, 나는 강력한 외부 통제

없이는 제대로 기능하지 않는 인간이었다. 그리하여 처절한 성찰 끝에 결론지었다. 게으르고 비전 없는 젊은이에게 필요한 처방은 오직 하나, 로또뿐이라고.

내 꿈은 무위도식이요 답은 로또라고 생각한 게 불과 며칠 전인데, 그사이 동네에 정말 로또방이 생겼다. 미용실 간판을 뜯고 못을 뚝딱이고 음료 몇 상자를 들이더니 금세 로또를 팔기 시작했다. 그 로또방을 지나갈 때마다 왠지 모를 수치심에 얼굴이 붉어진다. 자아를 실현할 의지도 능력도 없어 요행이나 바라는 인간이라는 사실을 나 자신에게도 숨기고 싶어진다. 그러려면 방법은 둘. 정말로 로또에 맞던가, 아니면 다시 취직해 잃어버린 시간을 그리워하며 로또를 사거나.

十
五
日

  아침에 온라인 쇼핑몰을 기웃거리다 마음에 쏙 드
는 갈색 스웨터를 발견했다. 페퍼민트 패티 얼굴을
대문짝만하게 수놓은, 참으로 박력 넘치는 디자인에
이불을 박차고 벌떡 일어나며 소리쳤다. 어머, 이건
사야 해! 그러나 바로 다음 순간 두 눈에 박힌 무정
한 가격. 그 스웨터는 쿠폰이며 적립금을 몽땅 끌어
다 할인받은 최종 결제 금액이 9만 원을 웃돌았다.
  8월 달에 마지막으로 수령한 월급과 푼푼이 모아
둔 비상금으로 두 달째 버텼지만, 슬슬 통장 잔고

가 바닥을 드러내려는 참이다. 교통비와 통신비 인출이 머지않았으니 냉정히 판단하자면 보름도 버티기 힘든 상황. 거지 깡통을 차기 직전인데 9만 원짜리 스웨터라니, 가당치도 않다. 게다가 스웨터는 조금만 부주의하면 보풀이 일어나서 관리가 까다로운 아이템. 옷을 신주단지 모시듯 애지중지하기 싫다는 소신을 깨고 이제 와서 까다롭고 값비싼 스웨터에 굴복하다니, 가당치도 않다. 그런데 왜 애초에 구입이 가당치도 않은 상품을 구경하느라 아침나절을 소진했을까.

사실은 믿는 구석이 있는데… 바로 만기적금. 두 달 동안 태연히 놀고먹은 것 역시 최후의 보루인 적금통장이 있기에 가능했다. 지난 7년여의 노동은 만기적금이라는 결실을 통해 티끌도 열심히 모으면 먼지 뭉치 정도로 빚을 수 있다는 멋진 사실을 일깨워주었다. 통장에 '0'이 일곱 개나 붙은 숫자가 찍히는 일은 봉급쟁이에게, 아니 일반화할 필요 없이 그냥 내게 기념비적인 사건이었다. 각고의 노력 끝에 불확실한 미래를 대비한 안전장치를 하나 마련한 셈이었으니. 물론 적금에 가입할 당시에는 그 안전핀을 독립 아니면 결혼에 뽑을 줄 알았다. 독립이든 결혼이든 미래를 보장하기에 턱없이 부족한 금액이라는 걸 알았으면서도.

백수 생활을 유지하기 위해서는 적금을 깨는 것 외에 다른 선택지가 없는 상황. 그러면서도 적금을 섣불리 건들지 못한 이유는 이런 질문이 머릿속에 맴돌기 때문이다. '과거의 근면한 내가 오늘의 게으른 나를 먹여 살리게 내버려두어도 될까?' 자본주의적이기도 하고 사회주의적이기도 한 물음표를 매달고 오후나절을 보냈다.

그리고 방금 만기적금을 해지했다. 이 야심한 시각에 숫자 몇 개만 인증하면 수천만 원을 찾을 수 있다니, 인터넷 뱅킹이란 어마무시하게 편리하구나. '0'이 일곱 개나 붙은 뭉칫돈을 아무렇지 않게 척척 내어주다니, 은행에 쌓인 '0'은 도대체 몇 자리일까. 잠시 서민다운 놀라움의 시간을 가진 후 갈색 스웨터를 주문했다. 분수에 맞지 않는 사치라는 걸 알지

만 기분이 꽤 유쾌하다. 스웨터가 날려먹은 기회비
용이든 백수 생활이 날려버린 목돈이든 더는 따지고
싶지 않다. 죄책감을 가질 필요가 있을까. 과거의 나
든 미래의 나든 나를 먹여 살리는 건 어차피 나인데.
빚진 것도 갚을 것도 없는 상태라면 스웨터 한 벌쯤
은 사도 괜찮겠지.

十
六
日

　오한, 콧물, 기침. 요사이 잠을 설친 데다 급작스
러운 추위까지 덮친 탓인지 감기에 걸렸다. 어젯밤
과 확연히 달라진 컨디션. 오들오들 떨리는 몸을 겨
우 일으켜 물 한 잔을 떠서 거실 바닥에 털썩 앉았
다. 주변에 검은색과 은색이 뒤섞인 강아지 털이 수
북했다. 장모 닥스훈트의 털갈이는 굉장하니 재깍재
깍 치우지 않으면 비염이 도질 테지. 하는 수 없이
청소기를 꺼내 덜덜 돌렸다. 털 뭉치를 말끔히 빨아
들이자, 삐-이삐이- 엄마가 출근 전에 돌려놓은 세

탁기 종료음이 울렸다. 바로 꺼내 탁탁 털지 않으면 세탁물이 다 구겨질 텐데, 터덜터덜 베란다로 갔다. 빨래를 널고 나니 꽁꽁 얼어붙은 손발. 부엌으로 가 물을 끓였다. 원래 홍차를 마시려고 했는데 밥통을 보자 밥부터 먹어야겠다는 생각이 들어, 밥통에서 밥을 퍼 엄마가 만들어놓은 짜장을 부었다. 한술 뜨려는데 수저가 달그락거렸다. 오한이 퍼진 몸은 이미 통제 불능 상태. 수저를 내던졌다. 약통에서 감기약을 찾아 삼킨 다음 빌보를 껴안고 거실 바닥에 누웠다. 진작 누웠어야 했다.

땀에 흠뻑 젖은 채 눈을 뜨니 오후 3시. 몸을 일으키고 싶었지만 발끝과 손끝에 힘이 조금도 들어가지 않았다. 잠시 멍하니 있다 겨우 고개만 살짝 들었다. 빌보가 내 허벅지를 베고 잠들어있다. 자기가 머리를 기댄 몸이 뜨겁건 차갑건 관계없다는 듯이 평온한 표정으로.

나흘 전에 중성화수술을 받은 빌보는 배에 실밥을 매달고 제 나름대로 몸을 회복하려 노력하는 중이다. 잠보다 장난치는 걸 훨씬 좋아하는 빌보가 나를 깨우지 않다니. 안쓰러우면서도 이 어린것이 건 강을 회복하는 방법을 본능적으로 알고 실천한다는 사실이 대견했다. 나는 남은 하루를 빌보의 회복법 을 따라하며 보내기로 마음먹었다.

창문을 조금 열었다. 신선한 공기를 감지한 빌보 가 몸을 일으키더니 창틀 아래 새로 자리를 잡았다. 나도 그 옆에 누워 나란히 몸을 동그랗게 말고 정신 없이 잤다. 눈을 떠보니 어느 새 두 시간이 흘렀다. 빌보는 여전히 잔다. 다시 눈을 감았지만 도저히 더 는 잠이 오지 않았다.

몸을 일으켜 화장실에 다녀왔다. 내 움직임에 잠 에서 깬 빌보가 기지개를 켰다. 나도 몸을 이리저리 구부리며 스트레칭을 했다. 빌보가 물을 할짝할짝 마셨다. 나도 물을 한 컵 마셨다. 빌보가 냉장고 앞 을 서성이며 나를 힐끔힐끔 보았다. 냉장고에서 말 린 오리고기 하나를 꺼내 빌보에게 주었다. 다시 냉 장고를 열어 찐 밤과 요거트를 꺼내 배를 조금 채웠 다. 빌보가 이번에는 침대 이불 위에 자리 잡았다. 내가 옆에 눕자 빌보가 배 위로 올라왔다. 둘이 껴안고 온기를 나누며 한숨 더 잤다. 일어나서는 엄마가 사다 준 각종 한약재로 배를 채운 통닭구이를 열심히 뜯어 먹었다. 식사를 마치고 원기 회복에 좋다는 황태가루를 잔뜩 뿌린 사료를 빌보에게 주었다.

빌보가 밥을 싹싹 핥아 먹고는 또 이불 위에 누웠다. 움직임을 최소화해 아긴 체력으로 자기 몸을 치유하는 귀여운 강아지. 나는 감기약을 한 알 더 먹고 생강차를 끓여 마셨다. 차가워진 몸에 조금 온기가 돌았다. 손가락과 발가락을 움직여보았다. 흐느적거리던 손발이 조금 단단해졌다.

十
七
日

　실험용 비글 이야기를 다룬 기사를 읽고 온종일
기분이 가라앉았다. 실험견은 주로 화학제품 부작용
테스트에 쓰이는데, 그가운데 94퍼센트가 비글종이
라고 한다. 유독 비글을 선호하는 이유는 비글이 인
간을 잘 따르기 때문이라고. 비글이 인간에게 보여
준 신뢰와 사랑이 역설적이게도 인간이 비글의 활용
가치에 주목하게 만든 셈이다.

　실험견 대부분은 실험 도중에 사망한다. 운 좋
게 끝까지 살아남은 개들은 안락사를 당한다. 고통

속에서 죽거나 혹은 고통스러운 기억 속에서 죽거나, 강요된 양자택일. 기사에 따르면 동물실험으로 2014년 한 해 국내에서 희생된 비글 수는 1만 마리였다. 1만 마리라니, 인간의 장수와 번영을 위해 1만 마리나 되는 비글이 죽어주었다니.

그러나 내 기분이 가라앉은 건 희생된 비글의 숫자나 실험견에게 가하는 비인도적인 처사 때문만은 아니었다. 기사에서 언급한 실험용 동물이 토끼, 쥐, 돼지, 원숭이가 아닌 비글이라는 이유로 한층 격분한 나 자신 때문이기도 했다.

나는 일주일에 서너 번씩 실제 비글과 얼굴을 맞댄다. 이름은 베이글, 단골 동물병원에서 키우는 두 살배기 암컷 비글이다. 1년 넘게 베이글과 알고 지내며 나는 비글이 지닌 멋진 얼룩, 보드라운 털, 다부진 체형, 축 처진 귀, 장난기 가득한 눈망울, 기쁨에 차 내지르는 울음, 가벼운 걸음걸이, 날렵한 움직임을 관찰할 수 있었다. 내가 비글을 추상적인 명사가 아니라 단단한 몸과 감정을 가진 존재로 인식하는 건 순전히 베이글 덕분이다. 비글에 비하면 토끼, 쥐, 돼지, 원숭이의 형체는 훨씬 모호하다. 왠지 모르게 어렴풋하다. 그 동물들의 눈을 보거나 털을 쓰다듬어본 적이 없어서일까. 부끄럽지만 그들이 당해온 부당하고 잔혹한 처우에도 상대적으로 무감각했다.

내게 친숙한, 그것도 아름답고 영특한 비글이 겪는 고통에 각별히 반응하면서 토끼, 쥐, 돼지, 원숭이 같은 다른 실험용 동물을 은연중에 차별하고 있었던 것은 아닌지 의심하는 시간이 꽤나 느리게 흘렀다. 한밤에 침대에 누워 펼친 책에서는 내 가슴을 찌르기 위해 쓰인듯한 문장을 읽었다.

일본의 어느 작가는 "벚나무 아래엔 주검이 묻혀있다"고
썼다. 하지만 우리 다수는 눈앞에 핀 꽃의 아름다움을
사랑할 줄만 알았지 그 뿌리 밑에 묻혀있는 것에는
신경을 쓰지 않는다.

—

서경식, 『시대를 건너는 법』

十

八

日

너와 나를 이어줄 랜선 무비

〈립반윙클의 신부〉

- 별점: ★★☆☆☆
- 한줄평: 영화 내용을 좀 이어줄 순 없을까

책키라웃 멤버들과 함께 감상한 이 영화, 실망이
컸다. 마치 군데군데 찢겨나간 소설책을 읽는 느낌.
맥락을 이해하기 어려운 장면들에 머리를 갸웃갸웃

하는 사이 영화가 끝나버렸다. 주인공이 왜 저 시점에 절망하는지, 또 어떤 이유로 그 장면에서는 희망찬 미소를 지었는지 알 수 없었다. 주요 등장인물이 눈물 콧물을 쏟는 장면에서는 심지어 웃음이 났다. 그가 감정을 터트리는 이유를 몰랐으니까. 영화관을 나와 멤버들과 혹평을 쏟아냈다.

"왜 ○○이 그때 ○을 벗은 거야?"

"몰라. 근데 ○○한테 ○ 잡힌 걸로 ○을 ○○○ 했던 거 맞지?"

"모르겠는데. 근데 있잖아, 왜 거기서…"

그런데 이 영화의 오리지널 버전과 인터내셔널 버전의 러닝타임이 다르다는 사실을 뒤늦게 알았다. 일본 라디오에서 "세 시간이 어떻게 흘렀는지 모를 만큼 흥미진진했다"는 관람 후기를 들었다고 멤버 A가 증언한 것. 우리가 본 버전은 119분짜리인데 원작은 179분, 무려 3분의 1이 뭉텅 잘려나간 편집본을 감상한 셈이었다. 내용을 그렇게 많이 잘라

80

냈으니 영화를 이해하는 데 꼭 필요한 맥락들도 함께 사라졌을 가능성이 높았다. 우리는 원작을 봐야겠다고 입을 모았다.

러닝타임이 16,263,360분 흐른 내 인생에서 3분의 1에 해당하는 5,421,120분을 편집한다면 어떨까. 얼핏 엄청난 분량 같지만, 사실 뇌에서 이미 소각한 기억만 모아도 일평생의 3분의 1은 우습게 뛰어넘을 터다. 사소한 사건들, 짧은 대화들, 잠깐 스친 얼굴들, 문득 솟구친 생각들… 중요하지 않다고 여긴 일상생활의 장면들을 얼마나 무심히 싹둑 잘라내고 지워가며 살았을까. 내 머릿속에 남은 장면들만 모아 영화를 만든다면, 나조차 내용을 이해하지 못할 것 같다. 마치 3분의 1을 잘라낸 한국판 〈립반윙클의 신부〉를 볼 때처럼.

스크린 안에서 납득하기 어려운 행동과 선택을 반복하던 배우들이 삶의 맥락을 놓친 내 모습 같기도 하다.

十
九
日

　밤잠을 설쳤다. 아는 사람의 부고를 접한 탓일까.
　고인과 오래 알고 지낸 사이는 아니었다. 3, 4개
월쯤 같은 직장에서 일했으나, 그는 나보다 연배도
직급도 훨씬 높아 대면할 일이 거의 없었다. 업무상
서너 차례 대화를 주고받은 것이 전부. 사적인 대화
를 나눈 적은 없다. 길에서 스친 사람이나 다름없
다. 그의 생김새와 더불어 이름과 직함을 알고 있
을 뿐이다.
　기억하고 있지 않았던 그의 모습이 그가 몸을 잃

었다는 소식과 함께 기억 깊숙한 곳에서 떠올랐다. 탕비실에서 허리를 구부리고 머그잔에 물을 받는 동작, 마주쳤을 때 건네는 눈인사, 헤드셋을 끼고 업체와 통화하는 뒷모습, 내게 무언가를 부탁하는 목소리, 와이셔츠 위에 맨 두꺼운 멜빵 벨트, 회의실로 향하는 걸음걸이, 뒷머리를 쓰다듬는 손, 다소 검은 살결, 일정을 상의했을 때 걱정 말라는 듯 지어 보인 짧은 웃음.

그 웃음을 떠올리니 가슴이 서늘하다. 벌써 일주일 전에 죽음이 그에게서 웃음을 거두어갔다는데, 내 기억 속 그는 몇 번이고 짧게 웃는 것이다. 부조리하다. 있었던 사람이 더는 존재하지 않는다 선고하는 낯선 부고도, 죽음을 실감하기 위해 머릿속에서 그의 웃음을 멈춰보려 애쓰는 나도.

오늘 아니면 내일, 내일 아니면 3년 후,
아무려나 결국 마찬가지가 아닌가!
—

톨스토이, 『안나 카레니나』

二
十
日

　"나이가 어떻게 되느냐"는 질문에 순간 머릿속
이 새하얘졌다. 내가 서른둘인지 서른셋인지 헷갈
려서. 처음에는 셋인가 싶어 소스라쳤다가, 차분히
생각하니 둘이라 가슴을 쓸어내렸다. 서른은 확실
히 기억했다. 서른하나까지도 쉽게 떠올렸다. 그런
데 이상하게 올해 들어 나이를 말할 때마다 머뭇거
리게 된다. 자신 있게 외치지 못하고 혀끝에 맴도는
둘과 셋, 아니 셋과 둘.
　"85년생입니다. 소띠예요."

오늘은 속 편히 출생 연도와 띠로 나이를 대신했다. 예전에는 어른들이 58년생이니 개띠니 하고 말하는 게 그렇게 이해가 되지 않더니, 그 이해할 수 없던 대답을 내 입에 올리고 있다.

二
十
一
日

　점심 무렵의 광화문은 바쁜 꿀벌들로 북적였다.
이 빌딩 저 빌딩에서 정장을 입은 직장인들이 쏟아
졌다. 광화문에서 시청 방향으로, 수많은 얼굴을 흘
려보내며 깨금발로 걸어 서울도서관에 도착했다. 열
람실 곳곳에 자리 잡고 앉아 무언가를 열심히 읽거
나 메모하는 사람들이 눈에 띄었다. 이어폰을 낀 젊
은이와 돋보기를 쓴 노인 비율이 특히 높았다. 딱히
찾으려는 도서 없이 서가를 어슬렁거리는 사람은 나
뿐인듯했다. 일반열람실 1, 2층을 오르내리며 고심

끝에 두 권의 책을 골랐다. 무인 대출기는 삑 소리
조차 내지 않고 조용히 대출을 승인했다. 사서에게
가져갈 걸 그랬나. 그랬다면 내가 공들여 고른 책에
흘끗 눈길이라도 주었을까.

서울도서관에 왔다고 언니에게 메시지를 보냈더
니 답장으로 폴바셋 기프티콘이 왔다. 도서관 다음
코스는 커피 아니냐면서.

도서관에서 가까운 프레지던트 호텔 1층 폴바셋
매장 안은 꽤 북적였다. 두서넛씩 짝지어 일회용 컵
을 놓고 마주앉아 이야기를 나누는 사람들. 카운터
에 기프티콘을 보여주면서 머그잔에 담아달라 부탁
했더니, 매장에 머그잔이 마련되어있지 않다는 대답
이 돌아왔다. 하는 수 없이 일회용 컵에 라테를 받아
들고 비어있는 폭신한 의자에 앉았다. 컵을 만지작
거리며 가만히 있다가, 왠지 어색한 기분이 들어 도
서관에서 빌린 책 가운데 하나를 펼쳐 서문을 읽었
다. 종이에 담긴 커피는 금세 식었다.

분주한 사람들 곁에 들러붙어 온종일 목적 없이

움직였다. 바쁜 그들과 정반대로 행동하는 것이 내 목적이기라도 하다는 듯이. 놀고먹는 인간이라고 이마에 찰싹 써 붙인 채 분주한 도심 한복판을 돌아다니며 나는 무엇을 확인하고 싶었을까.

내가 자발적으로 선택한 무노동의 반대편에는 무수히 많은 자발적인 노동이 있다. 공공도서관이 운영될 수 있도록 지방세를 납부하는 서울 시민들이 있고, 일하는 와중에 짬을 내어 동생에게 커피 한 잔을 보내는 8년 차 직장인이 있다. 공짜로 빌린 책과 공짜로 마신 커피가 사실상 공짜가 아니며, 커피를 다 마시고 돌아갈 안락한 보금자리 역시 부모님이 노동으로 그 값을 치른 것이라는 사실이 내가 선택한 무노동과 과연 양립할 수 있을지. 그런 생각에 마음이 내려앉았다.

二
十
二
日

　애초에 점찍은 점심 메뉴는 돈가스 백반이었다.
가성비 좋은 음식점을 찾아 헤매다 발견한 식당. 갓
튀긴 돈가스 한 덩이, 그 위에 올린 노란 치즈 한 장,
양배추 샐러드, 통조림 강낭콩, 스프 그릇에 납작하
게 담은 흰밥과 유부를 동동 띄운 된장국, 이 모든
걸 단돈 5천 원에 먹을 수 있다고 한 블로거가 썼다.
위치를 보니 집에서 다소 멀기는 했지만 발품을 팔
아서라도 찾아가 볼 만했다. 우리 동네에선 비슷하
게 구성한 메뉴를 8,500원에 파니까. 이 가격이라

면 돼지고기가 국내산이든 칠레산이든 상관없이 맛을 봐야 한다.

동네 골목길을 빠져나올 즈음 휴대전화 진동이 울렸다. 아빠다. 온종일 집에 있는 딸이 신경 쓰이는지 요즘 부쩍 자주 전화를 걸어 정오든 오후 3시든 꼭 밥을 먹었는지 묻는 아빠. 나는 그때그때 내키는 대로, 잘 챙겨 먹었다고도 하고 라면으로 대충 때웠다고도 대답한다. 오늘은 왠지 어리광을 피우고 싶어 '5천 원짜리 돈가스를 사 먹으러 2킬로미터나 걸어가는 길'이라고 답했다. 아빠는 허허 웃었다. 그러고는 날도 찬데 튀긴 고기 대신 몸에 좋은 걸 먹으라며, 다른 메뉴를 골라주었다. 집 앞 고깃집에서 판매하는 점심 특선 한우갈비탕. "그건 한 그릇에 만 원인데." 내가 중얼거렸다. 아빠는 집에 가서 갈비탕값을 줄 테니 꼭 사 먹으라고 신신당부했다. 아빠도 맛이 궁금했으니 대신 먹고 평가해달라면서.

마지못한 척 고깃집으로 발길을 틀었다. 원래 동네에서 꽤 유명한 한우 전문점인데, 최근에 신장개업하면서 점심 특선을 내놓았다. 손님이 꽤 많다.

낮익은 얼굴도 제법 보였다. 문방구 할머니, 산책길에 종종 마주치는 아저씨. 낯은 익지만 인사를 건네기는 애매한 얼굴들을 피해 구석에 자리 잡고 한우 갈비탕을 주문했다. 깍두기와 밑반찬을 세팅한 식탁 위로 커다란 뚝배기에 담은 갈비탕이 등판했다. 향긋한 파를 듬뿍 얹은 채로 보글보글 끓는 고깃국물. 한 수저 퍼올려 후루룩 마셨다. 온몸에 고루 온기가 퍼졌다.

사진을 찍어 아빠에게 전송했다.

'고기 여섯 점이나 줘'
'수삼 한 뿌리가 통째로 들어가'
'깍두기 아빠 스타일'

늘 그렇듯 근무 중인 아빠는 메시지를 확인하지 않았다. 휴대전화를 내려놓고 본격적으로 뚝배기에 달라붙어 뼈를 살뜰히 발라 먹었다. 국물에 흰밥을 말아 후루룩 마셨다. 나를 원격조종해 몸보신을 시켜준 아빠에게 감사하며. 아마도 사무실 근처 빌딩

구내식당에서 식판에 담은 조촐한 음식으로 점심을
해결했을 아빠를 생각하며.

二
十
三
日

　여행, 여행, 여행을 떠나고 싶다. 텁텁한 서울 하늘에서 벗어나 맑은 하늘을 올려다볼 수 있다면. 낯선 풍경을 바라보며 한낮에는 가을볕을 쬐고 저녁에는 가을바람을 맞을 수 있다면. 매일같이 반복되는 일과에서 탈피해 단 며칠만 자유롭게 쏘다닌다면.

　아무도 나를 가두지 않았는데 왜 멀리멀리 떠나고 싶은지 모르겠다.

회사에 다닐 때는 어제가 내일 같고 오늘이 그제 같더니, 회사를 떠난 지금은 오늘, 오늘, 오늘만 끊임없이 반복되는 느낌이다. 모습을 바꿔가며 호시탐탐 나를 잡아먹으려는 이 권태.

二
十
四
日

　성북동 작은 빌라로 이사한 지 햇수로 4년째, 구
불구불한 골목과 가파른 언덕에도 어느 정도 적응
했다. 우리 집은 현관문을 기준으로 삼으면 1층이
지만 거실 창에서 남산타워가 보일 정도로 높은 지
대에 있다. 아래쪽으로는 좁은 골목이 나있어 우
리 집 맞은편 아래로 늘어선 주택 주민들이 그 골
목을 오간다.

　이사 오고 얼마 지나지 않은 어느 날 새벽, 부스
럭 소리에 놀라 잠에서 깼다. 어슴푸레한 창 너머로

들리는 소음. 처음에는 쥐나 고양이가 쓰레기봉투를 뒤지는 줄 알았다. 쥐를 호환마마보다 무서워하는 나는 몸을 움츠리고 귀를 세웠다. 철그럭 소리, 무언가를 북북 찢는 소리, 캔을 밟는 소리, 종이가 서로 쓸리는 소리, 그리고 이따금 섞이는 한숨. 폐지 줍는 노인이 가로등 앞에서 밤사이 모은 박스며 캔을 분류하고 정리하는 소리였다. 쥐가 아니라서 어찌나 다행인지. 마음을 놓고 다시 잠을 청했다. 캔을 꾹꾹 누르는 소리가 리드미컬하게 귓가에 울렸다.

성북동은 살기 좋은 동네다. 개성 있는 식당, 빵가게, 카페가 즐비하지만 주말에도 거리가 북적이지 않는다. 부잣집과 대사관저가 많아 치안 유지도 잘된다. 또 계절의 변화를 느낄 수 있는 와룡공원이 가까이 있고, 와룡공원과 맞닿은 성곽을 따라 30분 정도 걸으면 북촌에 도착한다. 그만큼 도심과 가깝다. 집에서 남산타워가 보인다는 건, 서울의 중심에 산다는 증거거까.

이 동네에 집을 구한 건 엄마의 발품과 더불어 약간의 운이 따라준 덕분이었다. 성북동 윗동네는 재

개발이 이루어지지 않아 전셋값이 아직 낮은 편이다. 자고 일어나면 수천만 원씩 집값이 오르는 미친 서울에서 네 식구와 강아지 한 마리가 이만한 가격에 좋은 환경을 누리며 사는 행운은 쉽사리 오지 않는다. 우리 집과 시세가 비슷한 동네들 상태가 어떠한지 서울 서민인 나는 너무나 잘 알고 있다. 그래서 조용한 동네를 사부작 걷다가 돌아와 강아지를 껴안고 거실에 누운 나는, 머리맡에서 들리는 익숙한 캔 밟는 소리에 마음을 놓는다. 그리고 이 동네의 안과 겉에 대해, 남산타워와 눈을 맞출 만큼 높고 가파른 언덕길에 매달려 사는 일에 대해 생각한다.

二
十
五
日

길 한복판에서 죽은 생쥐를 보았다. 도시의 단짝인 시궁쥐는 종종 보았지만 자그마한 생쥐를 본 것은 처음이다. 내 가운뎃손가락 세 마디쯤 되려나 싶은 자그마한 몸통이 반으로 꺾인 채였다. 처음에는 토사물인 줄 알았다. 잿빛 군데군데 분홍빛이 돌아서. 아직 여물지 않은 주둥이, 발, 그리고 꼬리였다. 나는 쥐를 끔찍이도 싫어한다. 스트레스를 받으면 쥐가 등장하는 악몽을 꿀 정도다. 존재만으로 혐오감을 일으키는 생명체. 하지만 한낮의 햇살을 받으며 아스팔트에 눌어붙은 잿빛 몸뚱이는 도무지 혐오할 수 없는 몸짓으로 내게 무언가를 호소하는듯했다.

『섹스의 진화』라는 책을 읽고 쥐의 수명이 2년 남짓에 불과하다는 사실을 처음 알았다. 포유동물치고는 참 짧은 생을 산다 싶었다. 책에 따르면, 수많은 포식자의 먹잇감인 쥐는 생존확률이 낮기 때문에 신체를 복구하는 데 덜 투자하는 방향으로 진화했다고 한다. 천수를 누리지 못하고 죽을 바에야 몸을 빨리 소모하고 버리는 편이 유전자 입장에서는 이득이기 때문이다. 제 몸을 돌보고 복구하는 일이 낭비라니, 자연의 섭리는 끔찍하다. 더 끔찍한 것은 웬만한 중산층보다 훨씬 나은 영양을 섭취하고 의료 혜택을 누리는 실험용 쥐조차도 두 해를 넘기기 전에 죽어버린다는 사실이다. 자연의 섭리는 가차 없다. 그 가차 없는 섭리에 묶여 고작 여덟 계절을 인간 곁에 머물 뿐인 생명체를 혐오하는 나 또한.

인간은 쥐보다는 오래 제 몸을 간직하지만 그럼에도 아흔 해를 넘기는 경우는 드물다. 자연 입장에서 인간이 한 세기 이상 사는 건 낭비다. 비효율이다. 어쩌면 자연이 허용한 햇수까지 사는 것조차 비효율적일지 모르겠다. 고작 한 세기를 윤택하게 누리겠노라며 생태계를 난도질하는 게 인간이니까. 하지만 결국은 우리도 죽는다. 자연의 멱살을 잡고 땅이며 강을 때려 부순들 생을 연장할 수는 없다. 한 계절을 채 누리지 못하고 아스팔트에 눌어붙은 생쥐나, 아흔 해를 넘기고 잠결에 숨을 거둔 노인이나 자연이란 저울에 매달면 생명의 무게는 똑같지 않을까.

  그렇게 보지 말아요, 당신도 나와 같은 결말을 맞을 테니.

  몸통이 꺾인 생쥐가 내게 이렇게 말하는듯했다. 어쩌면 쥐는 혐오의 대상이 아니라 연대해야 할 동료일지도 모르겠다.

상대적 시간 측정의 기준을 따른다면 사실상
모든 포유류들은 어림잡아 비슷한 수명을 지닌다.
이를테면 모든 포유류들은 일생 동안
거의 같은 횟수의 호흡을 한다.

—

스티븐 제이 굴드, 『다윈 이후』

二
十
六
日

오전 10시, 평소라면 침대에서 나뒹굴 시간에 압
구정동에 도착했다. 목적지는 최근 도산공원 근처에
문을 연 서점 Parrk. 모처럼 익숙한 동네에서 벗어
나 낯선 거리를 두리번거리며 한참을 헤맸다.

서점은 예상대로 한적했다. 아름다운 서점을 독차
지하는 기쁨을 누리며 구석구석 천천히 둘러보았다.
저마다의 고운 빛깔로 시선을 잡아끄는 수많은 책들,
그리고 책과 책 사이로 아른거리는 햇살. 고개를 들
어 바라본 테라스 너머가 맑고 푸르다. 책에 파묻히
기에는 아까운 날씨다. 서점을 한 바퀴 더 돌았지만

바깥 풍경만큼 매혹적인 책은 끝내 발견하지 못했다.

서점에서 나와 도산공원으로 향했다. 마침 점심시간이 끝날 무렵이어서 삼삼오오 짝을 지어 짧은 산책을 즐기는 직장인들이 눈에 띄었다. ID 카드를 목에 건 그들의 발걸음은 분주했다. 느릿느릿 걷던 내 걸음이 덩달아 빨라졌다.

짧은 시간이나마 흙냄새, 나무 냄새를 맡으려 잰걸음으로 공원을 산책하는 사람들. 그들의 모습 뒤로 점심을 재빨리 먹어치우고 구불구불한 골목길을 열심히 걷던 내 모습이 포개졌다. 때로는 밥 대신 단잠을 택했던, 잠시나마 허리를 쭉 펴고 하늘을 올려다보려 애쓰던 그 점심시간들이.

직장인 행렬을 졸졸 따라 걷던 걸음을 멈추고 텅 빈 벤치에 앉았다. 나무 그늘이 드리운 탓에 조금 서늘했다. 볕이 쏟아지는 맞은편 벤치에 사람들이 옹기종기 모여있었다. 몸으로 스미는 냉기를 느끼며 맞은편에서 짧은 광합성을 즐기는 직장인들을 바라보았다. 그럴 수만 있다면 오늘 내 몫의 햇살을 그들에게 주고 싶다고 생각하면서.

二
十
七
日

　가다 서다를 반복하는 1호선 지하철 안에서 발을
동동 구르던 오전 11시경에 시간은 작심한 듯 느리
게 흘렀다. 철도노조 파업으로 지하철 운행 횟수가
줄어, 각 역에 정차하는 대기시간을 그만큼 늘린 모
양이었다. 아이폰 홈 버튼을 쉼 없이 누르며 화면에
뜨는 시간을 확인했다. 허벅지를 꼬집어 비틀고 싶
을 정도로 답답하게 흐르는 분초가 쌓여 어느새 약
속시간에 성큼성큼 가까워졌다.

　다행히 제시간에 독산 역에 도착했다. 3백미터쯤

더 걸어가 오래된 공업사처럼 보이는 저층 건물 앞에 섰다. 단열이나 될까 의심스러운 이 낡은 건물에서 일하는 언니와 점심을 함께하기 위해서. 조금 기다리자 언니가 멋쩍게 웃으며 걸어 나왔다. 5분 일찍 살그머니 빠져나오느라고 외투를 자리에 벗어두고 나왔다면서. 작년에 결혼해 수원에 새 둥지를 튼 언니를 평일에 짬을 내어 만나니 괜스레 더 반가운 느낌이 들었다.

오찬 메뉴로는 중국요리를 골랐다. 짬뽕과 철판볶음밥에 군만두를 얹어 사이좋게 나눠 먹었을 뿐인데 식사를 마치고 일어나니 남은 시간이 고작 10분. 커피를 사 들고 회사 주변을 산책하려던 계획은 요원해졌다. 밥을 그렇게 천천히 먹었나, 어리둥절해하는 내게 언니가 말했다. 우리보다 늦게 들어온 팀들이 우리보다 훨씬 먼저 자리에서 일어났다고.

원래 밥을 아주 천천히 먹는 편이지만 회사 생활을 할 때는 식사량을 줄이는 편법을 동원해 남부럽지 않은 속도로 식사를 해치웠다. 그래야 남은 점심 시간을 요모조모 알차게 활용할 수 있었기에. 오늘

110

도 직장인의 사이클에 맞춰 먹는 속도를 조절한다는 게, 밀린 수다를 떠는 데 정신이 팔려 깜빡 잊고 말았다. 당황한 베짱이를 능숙하게 이끄는 프로 일개미를 따라 근처 카페에서 과일주스를 사고 늦지 않게 사무실까지 걸어가는 데 성공하기는 했지만.

근로계약서상의 휴게시간은 오직 한 시간이며 그마저도 구간이 지정되어 있다. 하지만 근로계약서상의 근로시간은 여덟 시간인데 우리나라 직장인의 하루 평균 근로시간은 열 시간인 현실을 떠올리면, 점심시간을 꼭 그렇게 칼같이 지켜야 하나 의구심이 든다.

점심을 빨리 먹는 건 괜찮지만 늦게 먹는 건 곤란하다는 사측의 논리는 가만히 따져보면 초과근무는 환영이지만 단축근무는 연월차로 때우라는 논리와 일맥상통한다. 점심을 먹으러 나갈 때와 식사를 마치고 복귀할 때 시간기록계를 찍으라는 회사, 양치질까지 점심시간에 포함이라는 공고를 붙이는 회사는 봤어도 퇴근시간을 넘기면 징계하는 회사, 소지

품을 정리하고 외투를 입는 시간까지 근로시간에 포함이라고 주장하는 회사는 본 적이 없다.

피고용자의 시간을 다루는 태도만 봐도 고용주의 속셈을 훤히 알 수 있다. 적게 주고 길게 부리겠다는 그 검은 속내. 성과연봉제를 도입하겠다는 생각은 필경 시간기록계에 한 번도 손가락을 대본 적 없는 사람의 머릿속에서 나왔으리라.

집으로 향하는 지하철은 여전히 가다 서다를 반복했으나 나는 시간을 확인하지 않았다.

二
十
八
日

　대사관저가 죽 늘어선 윗동네 언덕길을 빌보와 함께 즐겨 산책한다. 도로가 널찍한 데다 한갓진 편이어서 강아지를 산책시키기에 안성맞춤이기 때문이다. 관저마다 각 나라의 특징을 살려 디자인한 외관을 구경하는 재미도 쏠쏠하다. 아일랜드 대사관저 문패에는 기네스 맥주잔이 그려져 있고, 캐나다 대사관저 대문은 단풍잎 조각 모양이며, 핼러윈 즈음에는 호박 등불에 귀신 낙서까지 등장하는 재미난 동네다.

한동안 대사관저 언덕길을 오르지 못했다. 도로 아래 열선을 설치하는 정비공사가 진행된 탓이다. 동네에 경사도가 심한 도로가 많아서 겨울철이면 위험천만한 상황이 종종 연출되고는 했는데, 올해 길 곳곳에 열선이 설치되어 주민들이 한시름 놓게 되었다. 솔직히 말하면 대사관저 밀집 지역부터 열선을 설치해준 성북구에 조금 아니꼬운 마음도 든다. 빌라 밀집 지역인 우리 동네 언덕길도 눈만 오면 빙판으로 변해 고생이 이만저만이 아닌데 왜 열선을 깔아주지 않는 건지.

이 동네로 이사와 처음 맞이한 겨울에 난생처음 빗자루로 눈을 쓸었다. 비질을 하며 이웃사촌과도 제법 안면을 텄다. 어르신들은 눈이 날리기 시작하면 곧바로 제설도구를 들고 나와 능숙하게 눈을 쓸었다. 해가 떨어지면 손길은 더욱 바빠졌다. 그분들은 지금 눈을 치우지 않으면 다음 날 동네 전체가 몸살을 앓으리라는 사실을 경험으로 아셨다.

눈을 싹싹 쓸어 도로 옆으로 밀어내고 허리를 펴면, 방금 쓸어낸 자리가 벌써 하얗다. 다시 허리를 굽혀 아까 비질한 자리를 쓸고, 쓸고, 또 쓸어낸다. 왼편에서 시작해 오른편 가장자리에 도착한 뒤 허리를 펴면, 그사이 왼편에 내려앉은 새 눈송이. 다시 오른편에서 출발해 왼편에 도착한 뒤 한숨 돌리면, 그사이 오른편에 내려앉은 새 눈송이. 쳇바퀴를 도는 햄스터가 아마도 이런 기분이겠지. 애완용 햄스터는 그나마 무료함에서 벗어나기 위해 쳇바퀴를 돌린다지만 나를 비롯한 주민들은 다음 날 출근하기 위해 비질을 멈출 수 없는 거라고 생각하면 한숨이 푹푹 나올 때도 있었다.

제아무리 열심히 눈을 쓸고 제설차량을 동원해 염화칼슘을 콸콸 뿌려도 폭설이 내린 다음 날 출근길은 엄청나게 미끄러웠다. 매서운 한파가 몰아닥친 날에는 신발에 아이젠을 끼고 꽁꽁 얼어붙은 길을 콕콕 찍어가며 엉금엉금 내려갔다. 버스정류장에 도착해 아이젠을 거칠게 벗겨내면서 버스 도착시간을 확인하노라면 서글프면서 화가 났다. 근로자의 미덕이 뭐라고 진눈깨비가 휘몰아치든 태풍이 덮치든 회사에 일분일초도 늦어서는 안 된다는 말인가. 내 엉덩이와 정강이보다 소중한 게 대체 뭐라고.

모처럼 공사를 마친 대사관저 언덕길을 걸으며 곧 다가올 겨울을 생각했다. 머지않아 열심히 눈을 치우고 또 치울 동네 사람들, 부모님, 남동생. 적어도 이번 겨울만큼은 먹고살기 위해 아침 일찍 미끄러운 길을 엉금엉금 걷지 않아도 될 나.

"일이 없을 때는 시간이 아주 많겠어요. 많이 읽나요?"
"읽다니요? 뭘요?"
"책요."
"안 읽는데요."
"그럼 일이 없을 때는 뭘 해요?"
"일하는 시간까지 기다립니다."

—

애거서 크리스티, 『봄에 나는 없었다』

　알바몬에 접속해 파트타임 일자리를 알아보았다.
내 몸에 꼭 맞는 일거리를 구하기란 쉽지 않았다. 가
능하면 걸어서 통근이 가능한 장소에서 주당 25시
간을 넘지 않는 강도로 일하고 싶은데, 그 조건에 알
맞은 구인 공고는 드물었다.

　사실 아예 없지는 않다. 집에서 도보 10분 거리에
있는 카페에서는 주중 다섯 시간씩 근무해줄 사람
을 찾고, 비슷한 위치에 있는 파스타 가게에서는 토
요일에 하루 종일 일할 사람을 원하는데, 두 곳 모

두 연령제한에 걸렸다. 제기랄, 커피를 내리고 파스타를 주문받는 데 나이가 뭔 상관인지 잘 모르겠지만 아무튼 현실이 그렇다. 버스 통근이 가능한 범위로 지역을 확대해 검색해도 결과는 마찬가지. 답답한 마음에 검색 창에 '아르바이트 연령 제한'을 쳤다. "미성년자인데 피시방에서 일해도 되나요?" "빠른 ○○인데 술집에서 채용해줄까요?" 등등을 묻는 질문이 대부분이다. "만 서른 살인데 커피숍 아르바이트 가능한가요?" 따위를 궁금해하는 경우는 없었다.

알바몬 창을 닫고 출판편집자 전문 사이트인 북에디터에 접속했다. 구인 공고를 죽 훑자 지원해볼 만한 출판사가 여럿 눈에 띄었다. 연령제한이 없을뿐더러 오히려 내가 가진 만큼의 경력을 원하는 회사가 많았다. 최저임금보다 훨씬 나은 연봉에 4대 보험, 연월차, 경조 휴가, 자기계발비 등의 복리후생까지 지원하는 정규직 일자리. 역시 사회가 내게 요구하는 노동은 주당 25시간짜리가 아니라 주당 40시간 이상의 강도 높은 노동이라는 현실을 실감했다.

당신은 풀타임으로 일할 의무와 그에 상응하는
대우를 받을 권리가 있다.
청년실업률이 몇 퍼센트인지 생각하라.
일자리가 있는데도 놀고먹다니 부끄럽지 않은가.

　화자가 누구인지 모를 목소리가 콕콕 가슴을 쑤
신다.

올해도 어김없이 열린 그랜드민트페스티벌. 언니와 함께 짐을 바리바리 싸들고 대문을 나설 때만 해도 날씨가 조금 흐리네 싶은 정도였는데, 올림픽공원에 도착해 돗자리를 펼치자 빗방울이 흩날리기 시작했다. 이 정도야 하하, 분무기 수준이지 하하 웃으며 첫 팀의 공연을 즐기는 사이 빗방울은 빗줄기로 돌변했다. 곳곳에서 공연 스태프가 나누어주는 빨간색, 파란색, 하얀색, 초록색 우비 가운데 초록색 우비를 받아 입었다. 조금이라도 싱그러운 느낌을 연출하기 위해서. 그러나 비는 이미 빨강이든 초록이든 우비 따위로 막을 수 있는 수준이 아니었다. 운동화 밑창에 물이 고일 무렵 황급히 돗자리를 걷었다.

올림픽공원에서 빠져나와 맞은편 아케이드로 후퇴, 비가 잦아들 때까지 기다릴 요량으로 한 카페에 들어섰는데 그곳은 이미 공연장에서 도망친 피난민으로 바글거렸다. 사람들 틈에 끼어 김이 모락모락 나는 커피를 마셨다. 한 시간, 두 시간… 날씨는 망했다, 인정하자. 우리는 정신승리를 위해 '지금이라도 당장 축축한 우비며 양말을 깡그리 벗어던지고 걸음아 날 살려라 도망치고 싶은 심정으로 간절히 원하면 온 우주가 도와서 비를 멈춰줄 것'을 믿으며 장대비에 다시 몸을 맡겼다.

메인 무대인 잔디밭은 평년보다 한산했지만 알록달록한 우비 덕에 처량해 보이지는 않았다. 사람들이 여전히 깔깔 웃으면서 부스를 돌아다니고 축축한 잔디 위에 앉아 빗물 섞인 맥주를 즐기는 모습에 놀랐다. "쭈구리는 우리밖에 없어." 언니가 기어들어가는

목소리로 속삭였다. 왠지 모르게 엉거주춤한 자세
로 빗물 위에 돗자리를 폈다. 철퍼덕 앉아 무릎 사
이에 우산 손잡이를 끼우고 가방에서 과자를 꺼내
와작와작 먹었더니 기운이 좀 났다. 움츠렸던 거북
목을 이리저리 젖혀 스트레칭을 하며 주변을 둘러
보았다. 엉덩이가 젖든 말든 공연을 즐기며 어깨
를 들썩이는 관람객 사이사이에 버려진 돗자리들
이 눈에 띄었다.

　　카페에 다닥다닥 붙어 앉아 걱정스레 빗줄기를
응시하던 이들과 비를 맞으며 페스티벌을 즐기는
이들은 모두 나처럼 한쪽 팔목에 종이 팔찌를 감고
있었다. 이 팔찌는 오늘 이 빗속에 모인 우리를 이
어주는 연결고리. 넬, 토이, 정준일, 노리플라이,
이한철, 옥상달빛 등 라인업을 빼곡히 채운 이름들
은 우리가 공유하는 일종의 '편애의 목록'일 것이
다. 비슷한 취향을 가진 사람들이 제각기 얼마나 다
른 사람들인지. 빗줄기를 견디지 못해 도망간 관객
들과 빗줄기를 맞으며 환호하는 관객들. 나는 어떤

124

무리에도 완전히 합류하지 못했지만 관객 하나하
나에게 미묘한 동질감과 소외감을 동시에 느꼈다.

後
日
譚

  이번 그랜드민트페스티벌 헤드라이너는 넬. 물에 빠진 생쥐 꼴로 장장 여덟 시간을 기다린 끝에 공연이 펼쳐질 핸드볼경기장에 입성했다. 실내에 들어서자마자 더운 열기를 훅 들이마셨다. 순간 숨이 막혀, 후 하고 더운 입김을 토해냈다. 텁텁한 공기에 익숙해질 무렵 마침내 시작된 공연. 쏟아지는 조명에 머리가 어지러웠다. 요란한 색으로 뒤덮인 무대가 양쪽 스크린에 흐르는 흑백 화면과 묘한 대조를 이루어, 눈마저 현실감각을 잃었다. 그때 〈지

구가 태양을 네 번)이 흘렀다. 유독 좋아하는 노래,
수백 번은 곱씹었을 노랫말.

시간이 마흔여덟 차례 달을 채우고 해를 네 번 감
싸 안는 동안 나는 무얼 했을까. 조금쯤 변했을까
아니면 그대로일까.

지금으로부터 4년 전이면 나는 스물아홉이다.
세 번째 직장에서 정규직 전환을 앞둔 그 무렵, 함
께 입사한 동기 네 명 가운데 세 명만 채용하겠다
는 회사의 통보를 받았다. 한 명이 불필요해진 특
별한 이유 같은 건 없었다. 인사권을 부당하게 휘
두르는 사측에 맞서 전 직원이 피켓을 들고 시위
를 벌였다. 곱게 물든 단풍 아래에서 벌어진 일이
다. 프로야구 포스트시즌 열기로 뜨거운 가을, 그
해 한국시리즈에서는 4승 3패로 삼성 라이온즈가
두산 베어스를 꺾고 우승 트로피를 들었다. 그러나
우리의 투쟁은 끝내 관철되지 않았다. 가을이 끝날
무렵 동기 A가 퇴사했다. A가 나라고 해도 이상할

것 없는 상황이었다. 해고 대상이 결정되던 날, 차도살인을 맡은 인사 팀장은 우리 눈을 제대로 바라보지 못했다.

그해 겨울에는 명륜동에 원룸을 얻어 독립했다. 천에 50, 다섯 평 남짓한 정사각형 모양의 방은 방음이 전혀 되지 않았다. 202호에 사는 이웃이 코고는 소리를 벗 삼아 잠을 청했고, 204호에 사는 이웃이 흥얼거리는 콧노래에 장단을 맞추며 책을 읽었다. 소음이 없는 날이 오히려 두려웠다. 방음보다 방범에 훨씬 취약한 건물이었던 탓이다.

그해 여름에는 처음으로 패키지 관광을 했다. 4박 5일 블라디보스토크 여행. 머나먼 러시아에 발이라도 살짝 담가보려 선택한 코스였는데 기대치를 훌쩍 뛰어넘을 만큼 즐거웠다. 여행에서 돌아와서는 왼쪽 어깨에 러시아어 타투를 새겼다. 살갗을 찌르는 쇠바늘이 생각만큼 아프지 않았다. 치기라고는 없었던 20대의 끝자락에 처음 시도한 일

탈은 유쾌했다.

아홉수 탓인지 유독 많은 일이 벌어진 그해도 결국 저물었다. 그 다음 해는 꾸역꾸역 업무를 소화하는 사이에 지나가버렸다. 실직의 반대편에는 과로가 있었으나 모두들 묵묵히 일했다. 밥벌이를 잃은 동료가 있다는 사실이 정당한 불만을 잠재웠을지도 모른다. 동기 B가 퇴사했다. 동기 C는 딸아이를 낳았다. 인사권 남용을 비롯해 각종 전횡을 일삼은 원장이 경질되었다. 모두가 바라던 일이었다. 인사 팀장은 병환으로 급작스레 회사를 그만두었다. 누구도 예상치 못한 일이었다.

원룸은 열 달 만에 복덕방에 내놓았다. 바퀴벌레가 끊임없이 출몰했기 때문이다. 중국인 유학생이 많은 동네여서 다행히 방은 금세 나갔다. 전공을 살려 짧은 중국어로 후배 세입자와 몇 마디 주고받았으나 바퀴벌레를 조심하라는 말은 끝끝내하지 못했다.

그해 연말 즈음 블라디보스토크 여행에서 찍은 사진을 모아 작은 책을 만들었고, 작은 서점 몇 군데에서 팔았다. 오롯이 내 취향을 담은 책을 만드는 일은 무척 즐거웠다. 해를 넘겨서도 독립출판물 두 종을 연달아 만들었다. 그사이에 본업인 출판사 일은 일대로 업무 강도가 점점 높아져 몸이 두 동강이 날 지경에 이르렀다. 이듬해가 떠오르기 무섭게 회사를 그만두었다. 남는 시간에 무얼 할까 고민하다가 러시아어 학원에 등록했는데, 그제야 어깨에 새긴 러시아어 타투에서 알파벳 몇 개가 뒤집힌 걸 알았다.

올해 프로야구 우승 트로피는 두산 베어스가 들었다. 영원히 리그를 호령할 것 같던 삼성 라이온즈는 몰락했다.

시간이 마흔여덟 차례 달을 채우고 해를 네 번 감싸 안는 동안 나는 구구절절한 일에 휩쓸려 여러 차례 방향을 틀거나 생각을 바꾸었지만, 그 사소한 전환점들이 내가 생물학적으로 30대가 되었다거나 사회적으로 비경제활동인구에 편입했다는 등의 큼지막한 사건만큼 변화를 실감하게 만들지는 못했다. 그렇지만 이런 생각도 든다. 때로는 유유히, 때로는 쏜살같이 흐른 시간을 수십 수백 컷의 자잘한 장면으로 치환해 기억 속에 차곡차곡 저장해둔 덕에 4년 전의 나와 지금의 내가 이어져 있는 거라고. 이 해와 그 다음 해를 연결하는 역할을 시간이 아니라 그 시간을 살아내고 기억한 내가 주도했다면, 이룬 것 하나 없이 오늘에 이르렀다 해도 4년이라는 시간은 헛되이 흐르지 않았다고.

공연이 끝나고 올림픽공원 역에서 방화행 열차를 기다리는 17분 동안 여기까지 생각이 꼬리를 물었는데, 집에 돌아와서야 나이 계산을 잘못했다는 걸 깨달았다. 내가 올해 서른셋인 줄 알았다. 4년 전은 2013년이 아닌 2012년이고, 나는 스물아홉이 아닌 스물여덟이었다.

구달

근면한 프리라이터. 출판편집자로 일하며 틈틈이
독립출판물을 쓰고 그리고 엮었다. 만든 책으로 독
립출판물 『블라디보스토크, 하라쇼』 『고독한 외식
가』 『일개미 자서전』 등이 있다.
leeme85@gmail.com

한 달의 길이

2017년 7월 31일 1판 1쇄 발행
2018년 2월 5일   2쇄 발행

지 은 이 구달
공동기획 스토리지북앤필름 강영규
발 행 인 이상영
편 집 장 서상민
편 집 인 한성욱, 이경은, 채지선
디 자 인 전가람, 오윤하, 이혜원
마 케 팅 정혜리
펴 낸 곳 디자인이음
등 록 일 2009년 2월 4일:제300-2009-10호
주   소 서울시 종로구 효자동 62
전   화 02-723-2556
메   일 designeum@naver.com
blog.naver.com/designeum
instagram.com/design_eum

*잘못된 책은 바꾸어드립니다.